TUDO QUE JÁ NADEI

LETRUX

TUDO QUE JÁ NADEI

RESSACA
QUEBRA-MAR
MAROLINHAS

 Planeta

Copyright © Letrux, 2021
Copyright © Editora Planeta do Brasil, 2021
Todos os direitos reservados.

PREPARAÇÃO: Thais Rimkus
REVISÃO: Renata Lopes Del Nero e Laura Folgueira
PROJETO E DIAGRAMAÇÃO: Nine Editorial
CAPA: Giulia Fagundes/ Estúdio Daó

DADOS INTERNACIONAIS DE CATALOGAÇÃO NA PUBLICAÇÃO (CIP)
ANGÉLICA ILACQUA CRB-8/7057

Letrux
  Tudo o que já nadei: ressaca, quebra-mar e marolinha / Letrux. – São Paulo: Planeta, 2021.
  160 p.

ISBN 978-65-5535-280-1

1. Literatura brasileira 2. Poesia brasileira I. Título

21-0054   CDD B869

Índices para catálogo sistemático:
1. Literatura brasileira

Ao escolher este livro, você está apoiando o manejo responsável das florestas do mundo

2024
Todos os direitos desta edição reservados à
EDITORA PLANETA DO BRASIL LTDA.
Rua Bela Cintra, 986, 4º andar – Consolação
São Paulo – SP – CEP 01415-002
www.planetadelivros.com.br
faleconosco@editoraplaneta.com.br

este livro é assim:

RESSACA
famoso textão

QUEBRA-MAR
famoso poema, mesmo

MAROLINHAS
algumas considerações anônimas

*I'm worse at what I do best
And for this gift, I feel blessed.*
Kurt Cobain

para marina, óbvio

RESSACA

Tinha uma risada esganiçada, que me irritava um pouco. Mas era mais velha que eu e já tinha colocado cigarro e outras coisas na boca, o que me causava fascínio. Éramos primas e fazíamos tudo juntas, quando férias ou feriados permitiam, nos entranhávamos. Nos fins de semana causávamos algum burburinho. Me provocava de uma maneira esquisita, mas eu era súdita, e ela tinha uma cicatriz de cinquenta centímetros na perna, quem era eu, a que nunca tinha quebrado nada, para desafiá-la? Me concentro para lembrar mais, mas temo que a demência apague meus números decorados, CPF, identidade, telefones, senhas sem fim e também sua voz, a cor da pele, as veias azuis na bochecha. Vida interrompida de maneira brutal e imbecil. O que foi mesmo que ela disse naquele dia antes d'eu ter dado um tapa na cara dela? Não lembro, mas revidou, claro. O dia que ela ganhou a prancha de surfe foi tão hipnótico. Foi um marco. Marina ganhou uma prancha. São *flashes*. Teve a tarde em que ela bradou pra família que iria, sim, pilotar o barco. Só deixavam os primos homens. Ela não queria saber, e eu e Clarisse, sua irmã mais nova, íamos de vassalas da rainha Marina, e a gente ria tanto, porque tudo era tão sério que a gente só conseguia rir. Já era feminismo das jovens da década de 1990, mas não sabíamos nomes e estávamos cortando mato alto do terreno baldio da tradicional família tijucana. Mas era tudo hilário, e fazíamos xixi com a bunda pra fora do barco, morrendo de rir, e ela, capitã, linda, estranha, linda, segura do que fazia. Me viu fazendo teatro. Teatrinho. Do colégio. Afirmou, como prima mais velha, que aquilo seria minha vida. Repetiu de ano, mas era a mais inteligente. Gargalhávamos com os mesmos dentes. Meu dentista era o dela, a gente respondia quando comentavam que éramos parecidas. A Guerra no Golfo, janeiro de 1991. Marina vai para as ruas de paralelepípedos de São Pedro da Aldeia e começa a pular com fúria e bradar: "Guerra! Guerra!". Quebrou o pé. Queria viver alguma mudança na vida, no século, uma transformação. Louca, já bruxa e nem sabia. Me encantava a paixão pela independência, pela busca das experiências, pelo ineditismo, pela coragem. A última vez que nos vimos, estávamos num quarto de outra prima. Eu, ela e um menino de um ano. Brincávamos com ele, fazíamos cosquinha. Observávamos o princípio da vida.

Perguntei seus planos para o aniversário, uns dias depois. Me contou o que estava pensando.

Triste pensar que já esqueci quais eram as ideias para aquela volta ao Sol. Ela era bonita, nariz pra baixo, na época não gostávamos, hoje em dia acho que as mulheres mais lindas são as mais narigudas. Não estou me defendendo. E, sim, a minha prima. Morreu completando outra idade.

Envelheci um século. Escrevi uma carta, e acharam bom enterrá-la com meu envelope ali dentro. Não consigo falar muito sobre essa carta. Isso define minha vida de maneira esquisita. Não sei quantos pesadelos, mas me lembro do sonho derradeiro, década depois, me avisando numa outra dimensão que agora estava livre. Houve revolta assim que morreu, as psicografias nos avisaram. Nem precisavam. Era ela, a revolta em pessoa. Após o enterro, fui ao cinema, dopada, não podia ficar em casa, não podia ficar parada, não podia existir depois, não podia ser real. Apelei para a ficção do cinema pra ver se tudo era mentira mesmo. Faltavam quatro meses para eu fazer dezoito anos. Senti o gosto de chumbo da morte na boca. Fui atrás da paixão pela independência, da busca das experiências, do ineditismo, da coragem. Fui atrás de imitá-la, de ser um pouco ela.

Tem um tempo já. Achei um caderno de perguntas, você sabe, aquele caderno com perguntas, todos respondiam no outro século. Uma besteirinha. Ela respondeu. Com fome, lia todas as suas respostas, pois ali se fazia presente, viva. Era um telefonema. Do além. A pergunta de número 32 era: "Você tem medo de quê?". Eu e minhas curiosidades. Desde sempre. Ela respondeu: "De morrer cedo".

Flores que parecem um nariz, vozes que parecem envelopes. Do alto desse coreto, eu espero na escadinha, enquanto você caminha até mim. Talvez chova nesta tarde. Cai a lua. Gira o sol. Marina ganhou uma prancha de surfe.

Meteorologia, eu quero uma pra viver

Entrei num mar inédito, fui ao fundo para que pudesse aguentar a trolha que se anunciava. Ondas maiores vieram, passei pela primeira sem sacode. Um homem surge ao meu lado e, enquanto uma mais gigante ainda se aproxima, diz: "É só mergulhar bem fundo, menina!". Penso em avisar que sou filha dela e não donzela à procura de um resgate, mas apenas obedeço e ralo meu peito na areia. Resíduo de sacode.

Spasiba

Fui dar um tibum em Copacabana e tinha um russo (creio) com uma moça, que entendi pelo papo que era prostituta. O cara falava com aquele inglês sofrível, e a mulher lá cheia de produto para que os pelos pretos fiquem brancos. O cara devia estar feliz, pau *mezzo* duro: ou já tinha comido, ou era a garantia de comer mais tarde, aquela coisa, aquele esquema. Eu de óculos escuros arrumando assunto enquanto me aqueço pra tomar coragem e mergulhar. A água hoje está gélida. De doer o grelo. Acham que é só o saco. Mas o grelo também congela. Eu entro mesmo assim. E, quando saio do mergulho, me visualizo como uma grande bala Halls preta, tal qual monólito, plantada na areia. Me ajuda, isso. Essa visualização me dá coragem. Pois, lá pelas tantas, ele se empolga em contar uma história e desata a falar, até que a moça olha com cara de nada e faz um "ãhã", ao que ele fica triste e olha para o mar, dizendo: "*Oh fuck, you don't understand me*". A moça continua não entendendo e passando produtos clareadores de pentelhos. Sinto vontade de ir até lá comparar o valor da psicanálise com o da penetração e citar também o valor da amizade. Mas, como já disse Edna, minha ex-analista (beijo, Edna!): "Letícia, você se afeta muito". Desafetada, fui congelar o grelo. Julguei melhor.

É amor que vocês querem?

Era uma vez uma mulher que morava numa cidade enorme e, quando estava (coluna) prestes a comprar uma espingarda de chumbinho para aterrorizar os ensandecidos que buzinam aleatoriamente, achou de bom grado digitar no YouTube: "Barulhos do mar". Descobriu uma vasta gama de trilhas marinhas. Com ou sem chuva. Apenas o vaivém das ondas. Alguns *glub-glubs*. De peixes ou mergulhadores. Testou vários, até se adaptar a uma trilha específica: oito horas ininterruptas de barulho de ondas leves quebrando na areia. Achou que não conseguiria, temeu fazer xixi na cama. Mas logo se adaptou. Logo ficou viciada. Uma noite foi dormir com um homem após umas semanas de recusas por medo do pós-sexo. O homem também morava em ambiente metropolitano, e ela, com medo de assumir o vício, com medo de dizer "não sei dormir", com medo de já chegar chegando com as manias, fingiu conseguir dormir. Mentira. Nunca mais se falaram. Trocou a paixão pelo sono. Julgou melhor. Costumava fazer isso, essa mulher. O homem sofreu um bocado e se julgou ruim de cama por meses. E ela tinha adorado, mas adorava mais dormir. Porque não conseguia. Quem não consegue adora quando. Um dia foi convidada para ser madrinha de casamento numa cerimônia a se realizar na praia. Se preparou quinhentos reais além do que gostaria. Havia muitos anos não ia à praia. Não lembrava quantos. Não lembrava nem se já tinha ido alguma vez à praia de verdade ou se aquelas fotos desbotadas no álbum mofado da casa da mãe eram da irmã na praia. Muito parecidas. Mesmos olhos, mesmo cabelinho. Ela se posiciona no lugar designado às madrinhas. Um bocejo. Dois bocejos. Três bocejos. A moça ao lado, completa desconhecida, dá uma cotovelada. A mulher tenta resistir, mas, tal qual narcolépticos, apaga em pé e vai tombando aos poucos. Não chega a tombar, já que é escorada pelas outras madrinhas. A cerimonialista tenta acordá-la, chega a esbofeteá-la, mas nada adianta para a mulher que agora embarca numa dimensão onírica. Testam seu pulso e percebem que, não, ela não está morta. A noiva constrangida diz: "Nossa-que-chato-tudo-isso-hein-puxa-vida". O noivo ri e diz: "Tudo-bem-amor-esse-vídeo-vai-ter-mais-de-um--milhão-de-*views*". A cerimonialista liga para uma ambulância. Alguns padrinhos são chamados para retirá-la do palco, montado perto do mar. Barulho de cozinha. Portas abrindo. Barulho de panelas, pratos. Talheres. Ela acorda. Um dos padrinhos fica. Era o homem do encontro que não evoluiu. Ainda zonza, ela o beija. Ele se assusta, mas se inclina para mais um beijo. "Só sei dormir com barulho de mar", ela alerta. "Só sei dormir com remédio, mesmo", ele avisa. Na mesma noite, numa pousada de trezentos e quarenta reais com café da manhã incluso, dez gotas de rivotril e dez horas ininterruptas de marolas indo até a areia, iniciaram um romance.

unfinished business

não há de ser nada, mas bati um recorde escroto: três meses sem ver o mar. as montanhas foram boas madrinhas, a floresta me acolheu bem, embora eu e o frio tenhamos muitas questões – as quais sinto que não resolveremos nessa vida –, mas consegui. pela organização mundial da saúde, eu consegui. TENHO que conseguir, porque a imbecilidade desobedece e já está na mureta da urca tomando sua cervejinha. portanto, mantenho a firmeza. me mudei para o lar mais perto da praia que consegui na vida em janeiro de vinte. quero parar de falar DOIS MIL E VINTE. só quero falar vinte. você não vai pensar em 1920, certo? pois. o ano prometia, investi morar perto do mar pra me acalmar da vida-furacão que teria. porém o furacão corona se alastrou em março e me expulsou para a serra. esse verão tinha sido meu. fui nadadora de oceanos. perdi o medo das baleias. fiz amizade com a pedra e com a areia. com as pessoas não, porque sou tímida-extrovertida, só me sinto à vontade com seres humanos depois de cinco encontros intensos que envolvem nudez, embriaguez, segredos da infância, empréstimos de dinheiro para comida ou carona. amizades do mesmo dia ainda não consigo. ex-*bullying*, cagada da cabeça, nunca pensem que é negócio de metida, é mais negócio de inadequação mesmo. a síndrome do equívoco, a macabeia que habita em mim saúda o diabo que há em vocês, mas ainda não consigo, queria consê. pois bem: nunca tinha ido tanto à praia seguidamente. janeiro, fevereiro e março, fervi. acumulei o mar em mim, visto que nos três meses seguintes não fui. sonhava, acordava encharcada de mar e lá ia eu passar o dia pensando no número de mortes e no governo mais repulsivo, desorientado e leviano da história. depois de três meses na serra, voltei. não porque a rua abriu, embora os imbecis tenham saído para comprar presente para o dia dos namorados. emoji passando mal. emoji vomitando. voltei porque o banco do brasil me encalacrou numa situação aí, que brincadeira, banco do brasil, eu te defendo, mas, eita ferro, presença presencial em plena pandemia é brabo, viu? mas lá fui eu, chamar uber. copanema-tijuca. n'outros tempos, eu iria de metrô e seria a *voyeuse* que sou e ouviria as pessoas conversando e anotaria uma ou outra palavra que usaria neste pobre texto. embora vez em quando percebesse que a observada era eu, sempre gostei de ver gente assim, sem ter que conversar, só observando. vênus em aquário, uma delícia. mas um inferno, mas uma delícia. emoji ying-yang. pois: recém-chegada das montanhas, temendo a vida corona na cidade, chamei o uber. rapazinho chegou de máscara, vidros abertos. entrei. o carro seguiu e fez uma curva, antes de virar por completo, atrás dos óculos escuros, no canto do meu olho esquerdo quarentenado, eu bem vi. meninos, eu vi. meninas, eu vi. menines, eu vi. O MAR. um trecho de mar. uma nesga de mar. um fragmento marinho. um lance aquático. com máscara, óculos, começo a chorar. o rapaz diz que a situação está difícil mesmo. concordo, com vergonha de explanar a saudade marítima. cinquenta mil pessoas morreram. eu não mergulhei. não resolvi a treta do banco do brasil. vai acontecer de novo.

*vou-voltar-sei-que-ainda-vou-voltar-e-é-pra-ficar-
-sei-que-o-amor-existe-eu-não-sou-mais-triste*

Sair da água dava medo. Na água, só os corajosos. Mas sair é que dava medo. Não existe temperatura quando se é criança. Sua mãe que decide se você precisa ou não de um capotinho. Eu sempre entrei, gélida ou não, eu sempre entrei. Na água, a valentia. Águas-vivas, ondas, correntezas, pranchas. A primalhada toda dopada que nem eu. Nos alertavam antes de nos desconectarmos: "Caso você se perca, nós estamos ali, em frente àquele prédio ou àquela bandeira". Eu até prestava atenção, a ideia de me perder do meu pai ou da minha mãe na saída da água me assustava num grau de infinitude, eu não via solução se me perdesse. Concluía muito seriamente: *me perderei e será para sempre*. Eu era uma criança velha, as coisas eram sérias porque eu já tinha consciência, infelizmente. A barriga queimada da prancha de isopor, os peixes vistos com a máscara, a estrela que eu e minhas primas fazíamos com as pernas, as frutas que falávamos embaixo d'água para alguém entender, a demência, o amor puro, os caldos, os jacarés, a negociação com Netuno – só mais um pouco, nos deixe viver, só mais um pouco. Amava tomar caldo. No fundo, no fundo (só consigo quando duplico), tomar caldo era se perceber viva. Que dias, que era, que verão. Sempre era meu aniversário no verão, e assim sempre será, *ojalá*!

Sempre envelheci dentro do mar. A água nunca estava tão cheia, engraçado, mas a areia, sim. O mundo habitava a areia, *sand people*, adultos torravam, bebiam, comiam, compravam. Eu também tinha interesse na areia: o corpo embaixo da areia, o castelo gótico que era possível fazer quando se molhasse a terra. O planeta era habitável. Onde quer que estivesse, eu conseguiria. Arrumar o que fazer. Eu vou conseguir. "Nós estamos ali, em frente àquele prédio ou àquela bandeira." Saía da água e procurava o prédio ou a bandeira, mas por alguns segundos, uma vez minutos, não os achava. Minha família. Me perdi e será para sempre. Eu via minha pele esturricando com antecedência. Me perdi, me perdi. Vou voltar pra água, namorar Netuno, renegociar minha vida, me perdi da minha família terrestre. Acabou. Era rápido, mas eu ia longe, um clássico dos pensamentos rápidos, são mais distantes. Os pensamentos elaborados e demorados são tão próximos, quase irritam. De repente uma luz, o bigode do meu pai, as pernas com óleo de bronzear da minha mãe, o boné do vovô Ralph, a caipirinha da vovó Marphisa. Não era prédio, não era bandeira, eu me guiava pela minha lupa pessoal, os detalhes me levavam pra casa.

Em 2014, quase morri, minha canga enrolou na roda do bugre na volta pra casa de um passeio baiano. Era um dia confuso no meu coração, a verdade se estabelecia de maneira voraz, e eu craquelava aceitando. Era de noite, eu olhava as estrelas ao lado do motorista quando, de repente, achei que estava em carne viva. E estava. Quem me guarda resolveu que ainda não estava na hora. Eu sabia dos avisos de como voltar da água pra areia. A água ainda não é minha casa. A areia é. A bandeira, o prédio de cor assim ou assado. O bigode do meu pai. A perna bronzeada da minha mãe. Mais uma vez, foram os detalhes que me salvaram. Mas não quero me impressionar.

amBÍgua

Gosto de elogiar o mar em voz alta. Mar, seu maravilhoso! Quem estiver perto se assusta ou se contagia. Maluca ou musa, não se decidem porque eu também não me. Apesar disso, por conta da França, acabo confundindo minha sexualidade no mar (no ar, na terra, canta, Brasil). Se o mar for mulher, *la mer*, tô falando errado. Tô chamando de maravilhoso e era pra ser maravilhosa.

Lindo e trigueiro, aqui o mar é homem e calhou d'eu também gostar de homem. D'eu também. Azar ou sorte?

Sento na areia, abro a perna e deixo a onda vir. Não é tão forte, mas acaba sendo porque tudo é pura invenção. Morar longe do mar é_____. Mas o mar me sequestra tanto que realmente preciso me afastar um pouco dele. Senão fica só ele, reina ele, soberano ele. Apenas ele, para sempre ele. Mar, seu gostoso.

25 de junho
(pro trose)

Fui ao Grumari enlouquecer um pouco. É raro enlouquecer na cidade. Evito. Não faz sentido. Amigo envelhecia no dia, resolvemos ir. Resolvemos enlouquecer. Mar magnânimo. Pleno inverno. Encostamos numa pedra para brincar de lagarto. Do nada, meninos que estavam na praia, com seus oito anos, resolvem me dar conchas. Não pedi nem nada. Chegaram aos poucos: "Pra você, essa concha". Cena forte e curiosa. Fiquei muito muda. Gustavo, de sete anos, perguntou se eu estava indo embora quando me viu caminhando em direção à canga. Disse que não, ao que ele respondeu: "Eu gostei muito de você" e me deu um abraço por livre e espontânea vontade. Uma cena de ternura máxima, quando se espera que meninos dessa idade estejam jogando areia um na cara do outro e rindo cruelmente e testando seus limites falocentriquinhos.

Arthur catatônico ao meu lado; e eu não sabendo lidar com carinho espontâneo. Praia com criança, conhecida ou desconhecida, faz muito sentido. Não guardei as conchas, expliquei que alguns presentes devem permanecer no local de origem. Entenderam, riram e saíram correndo pela praia. Na volta, no carro, Arthur sugeriu que eles devem ter visto minha Iemanjá. Gargalhei. Segundos antes de dormir, concordei.

Cabum

Toda hora, um susto interno. Meu cabelo ficando preso na montanha-russa e meu couro cabeludo ficando exposto. Toda hora uma espécie de contração. Às vezes chego a suspirar. Um homem que me empurra segundos antes de o metrô passar. Analiso ansiedade, mas tento não panicar achando que tudo é um aviso. Não chega a ser medo da morte, é medo do horror. Quando foi que mil e quinhentas pessoas morrerem por dia no país se tornou de boa? Falho em compreender. Estou horrorizada com o horror. E, estando mais dentro do que nunca, fico tendo esses sustos. Quando a gente pode sair, o mundo abobalha tanto que anestesia. Não podendo sair, estou desconfiada como presa tola e magrela. Fico tendo esses sustos. Um soluço à décima potência, sabe assim? Se rivotralizar, não terei ao que recorrer quando entrar num avião, e eu preciso entrar em aviões para que a vida seja recarregada, e eu me sinta minúscula e por isso mesmo maiúscula. Preciso de aviões porque não é a todos os mares e praias que desejo conhecer que consigo chegar de carro.

Para chegar ao paraíso que desejo, preciso passar por esse purgatório que é voar. Me deixem assim, tola. Quando consigo dormir, melhora, tenho sonhos tão bonitos. Outro dia sonhei que lia meu nome num convite, e, logo após meu nome, vinha minha profissão. E lá estava: "Ovelha".

Besteiras.

Transitália

BB sempre comemora o aniversário com um passeio de barco. Sai ali da Urca, vai até as Cagarras, fica um tempo e volta. BB já morou na Itália, é dos seres mais figuras que conheço. Já tentamos morar juntos, mas o Rio de Janeiro não permite que pessoas que ganham dinheiro normal residam em lugar algum. É preciso ganhar um dinheiro anormal. Não ganhamos. Ainda. BB chama seus aniversários de BB AL MARE, porque ama a Itália e fala italiano *molto bene*. Foram muitas edições já. Só fui a uma. Sempre tenho um show ou uma viagem. BB é de janeiro, como eu, mas é dezessete, sou cinco. A única vez que fui, enjoei um bocado. Não sou tanto de barco. Sou do mar. O barco é troço sólido em cima de troço líquido, não combina com meu metabolismo. Ou eu nado, ou eu fico na areia. Esse *in between* não me pega. Tomei um Dramin, pois vi uma convidada vomitando. É tão difícil ver outra pessoa vomitar. Com medo de seguir o rastro e provocar difícil visão para outrem, dropei o Dramin. "Visão dos portugueses, visão dos portugueses!", bradava BB, de tempos em tempos, apontando para o continente.

Louco olhar a cidade do mar. Quando rola marola alta e os prédios se perdem, e só os topos dos morros restam, a gente se sente meio português devastando tudo mesmo. Que horror. Tive que me deitar no banquinho. Todos bebiam e dançavam e comiam sanduíche a metro. Eu tive que me deitar. Um delírio hilário tomou conta de mim e me guiou rumo à cura. Me coloquei de volta no útero da minha mãe, pisciana, claro. Fui me ajambrando, pensando que era uma *deliciña* estar ali, bibibibóbóbó. *Eu não estou neste barco, eu estou na barriga daquela mulher, minha mãe. Eu já sou grande pra cá, eu me mexo? Eu estou torta? Ela canta? Eu entendo?* Não sei se era o mar, se era o remédio, mas, quando dei por mim, chegamos às Cagarras. Alívio do mergulho. Não dava pé, mas deu alívio abraçar por completo o remelexo. Ou eu nado, ou eu fico na areia, ficar num barco parado é uma coisa enlouquecedora pra mim. Nas Cagarras, não há como ir para a pedra, não há areia, então só nadei, boiei e alucinei. Um amigo mergulha do barco. De cabeça. A emoção do nem um segundo em queda livre eu entendo, compartilho. Hoje não consigo, sinto que vou quebrar as costas, mas admiro quem ainda tem essa coragem do pulo, do salto. Ele emerge, preocupado. Estamos todos bêbados ou medicados. "O que foi? O que aconteceu?" Ele demora, mas diz que perdeu a aliança no mar. Alguns se juram especiais e mergulham, tentando achar um anel no meio do oceano Atlântico. Sua companheira fica apreensiva dentro do barco. Estou alucinada, mas estou acompanhando tudo, sabendo que Iemanjá não é boba nem nada e esse anel já achou caminho. O rapaz diz coisas como "amor, eu vou mandar fazer outra igual". Nisso, a moça tira a própria aliança e joga no mar idem. Eu acho que aplaudo; se não aplaudi, foi porque meus movimentos me impossibilitaram na hora. Mas estou aqui, aplaudindo agora. Foi das cerimônias de casamento mais lindas que já presenciei na vida.

Quell'edizione!

Atlântida, memória da célula

Falam muito da lua cheia, entendo o furor, o visível sempre chapa mais nossa sociedade excitada imageticamente. Mas o que me panca mesmo é a ausência de lua, o breu. Fico mais maluca quando a lua não aparece que quando ela inunda. Lua cheia eu manjo, já saco tudo de longe: porrada, tesão,ególatras e tímidos. Grande caldeirada humana. *Done that, been there.* Mas sem lua, eu embriono. Tipo um animalzinho. Fico sem guia, e daí é preciso aguçar o olfato, o tato, quiçá a gustação. O breu me assusta, mas me aguça. Lua nova é a Terra e o Sol alinhados. Atração braba. Maré alta. Nenhum fiapo de lua no céu, nada. Sem guia, sem areia, o mar espancando o calçadão, opto pela água de coco do quiosque, não a caipirinha batizada. É madrugada, estou sozinha como esse grupo de gringos sentados com pouco frio. Com meu casaco de neve garantindo risadas estrangeiras e um pouco da minha saúde, resolvo fazer um brinde para a lua. Mesmo sem ela. É preciso homenagear as pessoas em segredo também. Não só publicamente ou no Facebook ou no Instagram ou no Twitter ou no YouTube ou no

Tumblr ou no Pinterest ou no Flickr ou no Tinder ou no Grindr ou no Happn. A brindes secretos e telepáticos, estou aderindo. Resolvo ir pra casa. Dou boa-noite aos peixes, me pergunto se eles sentem que é noite, penso que deveria ter bebido a caipirinha para elaborar uma boa resposta a essa minha dúvida. Calçadão; lua nova; desço a rua; rato morto; barata viva; boa noite, seu Francisco; elevador; quarto que me concederam; travesseiro; durmo pelada; escolho um sonho. É fatal: arrebentação.

Danixelas

Optou por nunca mais usar biquíni. O elástico na virilha limitava um movimento mais livre, que ela sempre buscou. Como o mundo não estava preparado para sua nudez MYSTERYOSA, jogava um pano em cima de si. E nadava como se estivesse num videoclipe de uma banda legal dos anos 1990. Não tinha problema algum com estar pelada, mas sabia que o mundo a condenaria nas praias, que, infelizmente, são cada vez mais tomadas pelos que julgam que os bons costumes são apenas o que eles pensam que são. Tapar a genitália como, se é ali mesmo que se exige espaço livre? A cordinha do biquíni pesando no pescoço. O maiô incomodando no colo. O biquíni apertando as ancas. Não com ela. Começou a comprar uns tecidos loucos, e ai de quem não achasse que aquilo era traje de banho. E não havia sinais de associações com o Oriente Médio. Não havia suspeitas de "essa menina deve ter uma cicatriz horrível". Nada de tal coisa. Era sabido, quando ela chegava na praia, mesmo com um pano, que aquela era a mulher mais nua que a areia já tinha conhecido.

Euros reais

Vim à praia e estou vendo uma cena bonita: um gringo e uma gringa foram mergulhar, sem pedir a ninguém para "dar uma olhadinha nas suas coisas". Instintiva e paranoicamente, estou aqui, guardando seus pertences e percebendo que em nenhum momento eles olham para cá. O que importa é o mar, é o mergulho, é esse caldo que eles acabaram de tomar, o que importa é essa risada em sueco que eles estão dando pós-caldo. Deve ser tão leve vir à praia e esquecer que você tem coisas, documentos, dinheiro, cremes caros: para o cabelo não ficar palha ou para a cara não esturricar. Um livro que você ainda não acabou, um celular que você ainda não pagou, uma roupa que você ama, enfim. Que leveza. Quando voltarem, darei um toque para terem mais cautela. Mas também devo dar parabéns. O mar deixa a gente com cinco anos mesmo.

Líquidos

LÍQUIDO A)

Fiz xixi na cama essa noite após quase trinta anos talvez sem. Foi ridículo porque foi meio territorialista. Preciso sair desta casa. Em vez de empacotar, bebo litros de cerveja belga que custam o preço da mudança e mijo na cama. Que ridícula. Ele quase ligou para o meu pai porque achou que era lance espiritual. Eu devia estar virada. Não lembro. E quando a gente não lembra: alívio ou constrangimento?

LÍQUIDO B)

Esqueci de comprar água e nesta casa não tem filtro. Cidade seca do cão. Penso em todos os horrores que já coloquei na boca, desde cloro até fandangos, passando por outras bocas, e aceito beber água da pia. Mas sinto um cheiro de remédio ruim que me impede de matar a sede. São quatro da manhã, estou com ressaca sem nem ter dormido. Fervo água da pia. Só não vou colocar no congelador porque, quando era pequena, fiz isso com a gelatina para que ficasse pronta logo.

Descongelei toda a carne da minha mãe, que me deu um esporro. Coloco gelo. Fica um chá de água. Chá gelado. Anoto na agendinha: "É preciso ter filtro". Acordo, esqueço, leio o que anotei, acho que cometi gafe na noite passada. Confiro com todas minhas amigas. Elas riem e dizem que não.

LÍQUIDO C)

É a primeira vez que vou ao mar na Europa. Estranho tudo, mas nunca o mar. A água gélida me desperta para a realidade, caso eu esteja sonhando muito, pois estou pelada na areia pela primeira vez na vida. Dentro d'água, talvez milésima. Não há sinal de estranhos por perto. Amizades nuas. Faz bem ver seu amigo pelado sem cunho sexual. A maré sobe, e estou do outro lado vendo uma goteira, cachoeira, sei lá o que pode ser aquilo, só sei que estou embasbacada com a natureza de uma praia inédita. Arthur volta e diz que a maré subiu tanto que molhou todos os nossos pertences, inclusive o único iPhone que tive na vida. Não posso ter nada caro, concluo e aperto CONFIRMAR. As pessoas se adiantam para voltar ao lugar de chegada. Daniela e eu não conseguimos. Os vinhos, os fumos, os caranguejos, as sereias. Nós estamos tão perdidas, e a maré subiu mesmo a ponto de não ser possível nadar, tamanha correnteza. Ou esperamos um helicóptero português, ou morremos tentando no mar. Porém há uma fenda na rocha. Uma fenda estreita. Em certo momento, é preciso deitar, e o teto fica a um palmo do nariz. Arriscamos. Temos crises de riso e choro. Ouvimos morcegos. Travamos. Nos lanhamos. Nos arranhamos.

Rasgamos a canga, os vestidos e nossa pele. Estamos enfrentando uma fobia de maneira cruel, de maneira LANCINANTE. Não sei como, mas conseguimos. Foi a única vez que perdi a noção da maré. Culpei a Europa. Pedro Álvares Cabral, entre outros.

LÍQUIDO D)

Réveillon de 2009 para 2010. Estamos numa casa maravilhosa, cortesia de Paulo, amigo que não curte tanto assim natureza. Isso é generosidade. Ele não gosta, mas nos chamou e estamos aqui. Infelizmente é o quinto dia de chuva. Somos um grupo de doze. Dez fumantes. Estou enlouquecendo um pouco. Parece o Big Brother. Hoje choveu tanto que uma hora fingi que nada estava acontecendo, resolvi ignorar a chuva e fazer todas as atividades típicas de uma viagem de férias normalmente. Fiquei na área externa enquanto chovia, tremendo de frio, mas tentando ser situacionista. Todos riram, mas ninguém me acompanhou. Na noite do dia 31, resolvemos entrar na piscina, a chuva deu uma trégua. Mas a água está gélida piñon. Há uma piscininha de hidromassagem com água quente perto. Estou tão sedenta por dias de chapação via natureza que começo a imitar uma foca, um leão-marinho, sei lá. E fico saindo da piscina gélida e entrando na hidromassagem quentinha direto, apenas deslizando e escorregando meu corpo, como uma foca, como uma leoa-marinha. No que eu entro na hidromassagem, convido os amigos que estão na piscina: "Entra pela diferença!". Virou o bordão do ano. "ENTRA PELA DIFERENÇA." Era maravilhoso sair da água gelada da piscina feito foca e entrar na água quente da hidro, feito leoa-marinha, feito primeiro dia do ano cheio de esperança luz fé saúde amor obrigada por tudo desculpa qualquer coisa não vamos perder contato.

LÍQUIDO E)

Choveu muito nesse Carnaval. Enquanto embrionávamos na varanda do camping, fui a única que olhou para o mar na hora que dois golfinhos pularam no fundo. Eu já tinha visto golfinhos no triste parque Sea World. Minha primeira viagem internacional foi quando o dólar estava um real. Famosa Disney. Com um dólar, comprávamos um peixinho e podíamos ir num tanque dar aos golfinhos. Eles comiam da nossa mão. Não tive coragem de descobrir a textura de sua língua, acabei colocando os peixinhos na água e esperando a aproximação dos bichos. Consegui passar a mão no corpo. Muito liso, bicho liso. Louco. Bicho é sempre craquelado, peludo, gelado, e esse não. Bicho liso. Troço doido golfinho.

LÍQUIDO F)

Estou com trinta e cinco anos. Ao todo já vivi uns treze mil dias. Desde que nasci até os dezoito anos, tive garantia de mar durante todo o mês de janeiro. Dezoito anos vezes trinta dias = 540 (tirando os dias que a menstruação chegava e eu embrionava). Mas tinha Páscoa. Tinha Independência do Brasil. Tinha a coragem das férias de julho e o famoso veranico que ocorre no Rio de Janeura. Quando nova, nem tanto. Depois que aprendi a pegar ônibus sozinha, muitos dias dedicados ao mar. Depois que abriu a estação de metrô em Copacabana e em Ipanema, nossa. Fazendo uma conta por alto, eu devo ir ao mar uma vez por semana. O que seriam uns 750 dias, desde os dezoito anos. 750 + 540 = 1.290 dias de mar, tenho. É pouco ainda. (Agora tenho trinta e oito anos, sou de humanas e estou sem forças para atualizar essa conta, a pandemia causou estragos em tudo e também no meu cálculo pessoal de dias de água marinha. Narcisística? Sim. Desesperada? Muito.)

LÍQUIDO G)

Tenho muito medo de ser a única acordada. Detesto ser gado em outras circunstâncias. Mas, quando todos dormem, quero dormir também. Me ajuda a ser forte dormir enquanto todos. Na cidade grande, temo menos. Os barulhos que reconheço me enganam bem. Na natureza, enlouqueço. Falam tanto que a natureza é linda, nossa amiga, "devemos respeitá-la" *et ceteras* mil. Mas a natureza também é opressora pra dedéu. E não é nada nossa amiga. E muitas vezes devemos desrespeitá-la se quisermos sobreviver. Matei aranha peludésima há quatro dias na casa de praia da minha avó Marphisa. Sou traumatizada pela história de uma conhecida que teve uma invasão auricular de aranha. Pense. Mas, sim, até minha avó tem radical marinho. Porém caprina como eu. E teve filha peixes – no caso, minha mãe. Tenho grande atração por situações com condições mínimas. Seja pobreza ou *reality show*. Não é fascínio de beleza, até porque ver um documentário na TV Comunitária sobre uma senhora no sertão que tem dez filhos não contém beleza alguma, mas o heroísmo em conseguir me intriga. E eu termino aos prantos, emocionada com a mulher, com ódio do governo, fico um caco e depois não sei por que sofro de insônia. Risos. E choros. Não tenho estrutura alguma pra sobreviver sem as coisas a que já sobrevivo. Ridícula?

Sim, um bocado. Falando em situações com condições mínimas, amo quando o reality show *Largados e Pelados* é em lugar de praia. Todos se lascam. Todos rebolam. Todos acham que sabem. Fico em casa, confortável num sofá, julgando todas as ações que todos tomam. Parece bobagem, mas aprendo bastante. (Mentira.)

LÍQUIDO H)

Gosto quando falta pouco pra chegar em casa. E os últimos sinais de trânsito me enchem de esperança, de quem tem ovo e pão em casa. Como se eu estivesse apertada, caganeira súbita ou xixi além da bexiga. Vai dando meu terreno, e eu vou ficando feliz demais, reconhecendo cada poste e acalmando o demônio ansioso que mora no meu ouvido. Gosto quando falta pouco para molhar o pé na água. E os últimos grãos de areia úmidos me enchem de esperança, de quem tem ovo e pão em casa.

LÍQUIDO I)

Moro no Rio Comprido. Comprei uma bicicleta dobrável. Consigo levá-la no ônibus. Pego o túnel Rebouças. Salto na Lagoa. Abro a bike e vou pela lagoa até a praia. No caminho, vejo uma arara. Ela parece estar presa, mas quem não está? Não me aproximo, mas faço uma foto com o máximo de *zoom*. Chegando à praia, um pinguim. Ele parece estar perdido, mas quem não está? Não chego a fazer foto como todos, mas me aproximo como ninguém.

LÍQUIDO J)

Adoro quando o tempo dá indícios de que em duas horas o cenário será outro. Agradeço se estiver calçada e com um guarda-sol em miniatura. Preciso desovar três histórias que me rondam. Meio minhas, meio dos outros. E quando não foi assim? Melancia boa é água com gosto. O resto, devo inventar, assassinar a preguiça internética que me mostra muitas janelas, mas poucas vistas para o mar. Sou bebê e preciso de cores para acertar o foco. Pessoas podem me paralisar. De tesão ou de tédio. "T" é uma letra perigosa. Toda noite espero um sonho esclarecedor. Não que eu esteja perdida, mas dei pra crer em sonho, portanto seria agradável se meu subconsciente me fornecesse seis números mágicos enquanto durmo. Sonho. Outro dia, enquanto conferia o resultado da Mega-Sena, tive tremeliques de euforia quando os três primeiros números batiam com os meus: 5, 18, 23. Depois brochei, já equivocada.

Há meses consegui a quadra. Alguns míseros reais que pagaram uma pousadinha para eu ver o mar de Búzios. É custoso fazer dar certo. Ensaio.

LÍQUIDO K)

O trajeto da lágrima é misterioso. Ora cai no seio, ora cai no umbigo. Outro dia foi parar no ouvido. Na boca lembra mar, pelo menos.

Tem dia que não cai. Pior trajeto. Pelo mais.

LÍQUIDO L)

Nunca tentei consertar a natureza. Nunca estive na selva e pensei *Se essa folha caísse mais pra lá...* ou *Essa onda poderia ter quebrado mais pra cá, não?* Não. Nunca. Aceito a natureza incondicionalmente. Preciso encarar as pessoas de maneira mais natural.

Mas isso não impede que os desvios ocorram. E talvez algumas naturezas simplesmente não combinem com a minha. Devastam.

LÍQUIDO M)

AR.

Lysergsäurediethylamid

Para tudo, ainda tenho o bom humor. Escuta, estou aqui no centro do furacão, que insistem em chamar de olho, mas pra mim é mais o centro, ou seria o cu, visto que é o fim, se bem que é mais um rabo, pois sim: tô no olho do furacão e daqui enxergo todos os seres humaninhos voando ou tentando se agarrar num tronco, num cano, num poste. Ninguém, absolutamente ninguém, ri ou se entrega ao voo. Quando o absurdo chega, eu rio ou me entrego. Não é abraçar o capeta, eu sei, é outra coisa, é abrir a geladeira e o bife congelado cair no meu pé e, em vez d'eu colocar a culpa na Prefeitura, nos astros, ou em sei lá mais quem, eu rio. Eu saio do corpo, numa técnica muito difícil que não conseguirei explicar. Mas eu saio do corpo, dou PAUSE no filminho da minha vidinha, clico *rewind*, volto, me vejo de fora: hilária, gigante, desengonçada, querendo ser bonita e: PÁ, um bife congelado caindo no meu pé. Eu me contorço, chego quase a ter um metro e meio apenas, de tanto que me reduzo. É tão engraçado, estou rindo porque sei que não vou morrer, tampouco perder o pé, é engraçado, vai ficar tudo bem, então HAHAHAHAHA, que engraçada essa pose que ela-eu fiz.

Para tudo, sempre terei o bom humor. Os dias têm sido de sangue no olho, faca na goela, comentários com aura assassina e visualizações nebulosas do futuro. Eu abraço as coisas, me afeto, meu olho também vira poça vermelha, e, enquanto corro em Copacabana (para que eu pareça ter sessenta e cinco quando estiver com sessenta e seis), um rapaz sorri pra mim, com uma arma enfiada no short. Também tento fazer algum post abrasivo na rede mundial de computadores, e um senhor diz que eu e todos os socialistas (opa) devemos morrer. Sobre o futuro, só consigo gargalhar, mesmo nebulosamente. O cu do furacão, perdão, o olho é um bom lugar para estar, é a melhor cadeira desse cinema, estão todos voando com cara de desesperados, e eu estou tendo um ataque de riso. Não dos que estão voando, mas da estrutura toda, até da minha variz que tenho na perna desde os seis anos, estou rindo.

Para tudo, haverá o bom humor. Me contaram uma história que divido. Um casal hétero foi a uma cachoeira, lá fizeram amizade com um casal de homens que estava em lua de mel. O tempo mudou, não se ligaram, e lá veio a tromba-d'água. O casal hétero conseguiu fugir, e um dos rapazes também, mas um dos caras ficou na água, se segurando em pedras, onde dava. Os outros três foram ajudar, mas nada adiantava. De repente, o sujeito que estava na água, disse, desistindo: "Ah, morri". E foi embora. Um corpo indo embora rio abaixo. Um namorado vendo o namorado morrer. Trágico, horrível, olha, nem sei o que pensar. Estou passando mal de chorar, mas também estou passando mal de tentar entender o que é esse momento em que o rapaz relaxa e diz, como se esperasse um ônibus que nunca vem, e de repente vem um táxi, e ele pensa *Ah, foda-se, em vez de quatro e pouco, vou gastar vinte e quatro, tudo bem, desisto!* Eu ri um bocado. Que horror, mas ri. Achei leve, achei fácil, achei que flerta com a curiosidade. Tempos teimosos, todos sabem tudo, e todos querem ir até o fim, sendo que pode ser que o fim seja péssimo, então de repente eu salto aqui mesmo ou de repente hoje nem vou ao fundo porque tá cheio de lixo, ou peixe, ou gente fazendo *stand-up paddle*, ou algas, ou sei lá o quê. Julgam superficialidade, tô acreditando em sabedoria. Tô buscando um sorriso enigmático, não desses abusados, mas um que me dê uma cara boa quando alguém fala um impropério e eu sustento um olhar de "ãhã, claro, você está certo", mas no fundo, no fundo, estou rindo desse absurdo, não de maneira má, mas rindo de "hahahaha, que pessoa hilária de falar isso, daqui a duas vidas talvez ela entenda". Para tudo, haverá a sobrevivência. Acho que foi Freud que falou sobre o sistema de sobrevivência. Que para sobreviver em tempos sombrios, é preciso delirar. Um sistema delirante. Pra mim, foi eureca. Estou há trinta e muitos anos delirando, sobrevivendo. Escolhendo essa circunstância.

Praguejo sim, falo mal sim, reclamo sim. Mas quando estou com meu gênio contrário. Quando tudo se alinha, tenho o bom humor. E, enquanto me xingam, me criticam, me assaltam, me violentam, me pressionam, me encurralam, eu me salvo. Não mais aos berros. Aos risos.

2mil&13, já que 2mil&12 não acabou

Descobri tarde (desculpa, corpo, que pena, corpo) que a prática real de exercícios ao ar livre me deixa longe da vala triste. Não que eu seja demente e preze a felicidade o tempo inteiro. Longe.

Gosto dos buracos. Mas quando percebi que pedalar e ir ao mar me valia análise, abracei. Você já entrou no mar e chorou? Dei para ir ao mar e ir chorar lá no fundo. Hoje passei pelos banhistas sorrindo e, quando ninguém conseguia ver meu rosto, só o mar, mesmo, chorei. Recomendo.

Estando por ali, nadei. Dei para nadar no mar agora, perdi o medo de baleia. Peito, costas. Tem sido curioso. É uma pedra, Letícia. É *um cardume, Letícia, não é baleia!*, tento ser minha amiga. Depois cogitei correr, mas o triatletismo me assusta. De tarde vivi minha vida burocrática, prática & hedonista. Foi um dia completo. Depois cozinhei três itens saudáveis e um *trash*, porque eu também não aguento. Dei para plantar bananeira no quarto. Creio que estou irrigando o cérebro.

Creio que. De noite pedalei mais uma vez, uma volta na Lagoa. A lua era puro fiapo. A água nem parecia tão suja. Três capivaras (pai-mãe-filho, julguei pelo tamanho normativo escadinha, que boba eu) me assombraram, cogitei registrar, mas seria mais uma foto feia, tal como tantas da lua-mais-cheia-do-ano-desde-sei-lá-quando. Na ladeirinha de volta, aumentei a velocidade, porque é só com medo que se perde e se ganha o controle. Tirei as mãos do guidão. Dei para.

piscina do ~~papai~~ vovô

Veio à tona, esfregou os olhos, assoou o nariz, riu da gosma nasal isolada na água como se fosse óleo. Repetiu o procedimento. Fechou os olhos, afundou, achei que fosse se afogar, achei que merecia medalha de ouro, nadou até a ponta, encostou a mão na borda, voltou da mesma maneira, veio à tona. Desta vez, abriu os olhos direto, sem esfregar, os cílios unidos como se fosse um desenho animado. O nariz não escapou das mãos, a gosma nasal boiando como uma ilhazinha na piscina. Sorriu safado, perguntou se eu não queria. Expliquei que não queria entrar, estava com frio. Perguntei quantos anos achava que eu tinha. Uns oito, tia? Perguntou.

Oito, morri. Oito, renasci. Foi com oito anos que mergulhei nesta piscina pela primeira vez. Trocentos anos depois, sem espaço para nadar, precisando de apenas um impulso para ir de uma borda a outra, me vejo aqui na plateia do reino das tias sem culpas. Agora é sua vez, Pedro, atravessa.

o sexo das coisas

Para minha confusão juvenil, velhos e gringos sempre me curtiram. Acho que eu parecia antiga. Acho que parecia exótica. Era batata. Grupo de trocentas amigas HTs de um lado e trocentos homens HTs do outro. Se havia um primo ou um conhecido gringo, ele vinha falar comigo. Passeei um bocadinho. E minha mãe me colocou no CCAA – *the world is yours*. E o mundo foi meu, mesmo. Mas sempre peguei pra mim cada língua que aprendi. Dizem que o melhor é pensar em inglês (ou na língua que for), mas eu não consigo ao certo, acabo traduzindo, mesclando, dislexizando, um grande bololô linguístico. *C'est yo!* ou *Can you please EJECT the yogurt from the refrigerator?*, mandei certa vez, ao que o rapaz disse que entendia o que eu queria dizer, mas que tal palavra não era usada para isso. Mas fiz valer minha ideia, enfim. Cinzeiros eram *where you put the dead cigars*. E por aí vai.

Até que um dia os gringos começaram a me perturbar com perguntas cuja resposta eu não sabia e não encontrava ninguém que soubesse: *"Letícia, why is TELEVISION a girl in Brazil?* A televisão? *How can I know that?*". Porque os bichinhos usam *it*, né? Objeto é *it*, mó mão na roda isso. Porque é loucura mesmo, a gente só sabe de osmose demente gramatical. Português, te amo, mas tem certas coisas que não sei dizer.

Daí adentrei o macabro universo do sexo das coisas. Brasileiras, claro. E percebi que há, de certa forma, tom (heteros)sexual para o lance. Por exemplo: banheira é feminina. A BANHEIRA.

Mas chuveiro, o que entra, o que mete, é menino. O CHUVEIRO. Rá. Vai vendo. TV é mulher. Mas filme é homem. Boca, guria. Dentes, rapazes. A boca. Os dentes. Viagem. Uma casa é menina, mas apartamento é menino. A mão, artigo feminino. O dedo, artigo masculino. Se liga. Eu me bolo. Posso ficar horas, mas quero poupá-los desses minutos do meu banho ou da minha mania de ficar de cabeça pendurada na cama, irrigando o cerebelo e visualizando agora o sexo, o *it* das coisas. E ainda rolam os casos das trocas globalizadas. Mar na França é menina, nariz na Espanha é menina também. Seriam trans, as palavras? Nariz em espanhol é menina. E mar em francês também. Coisa linda o mar ser mulher. Nariz também. Outra besteirinha em que perco horas é que água na astrologia é oposto de terra. Ambas femininas. A água, a terra. Mas, no imaginário geral, o contrário de água é fogo. Fogo é menino. O fogo.

Mas algumas outras palavras, que não objetos, me perturbaram. Alma é feminina, mas corpo é masculino. Amor? Homem. Paixão? Mulher. Solidão também mulher. A solidão. Mas companhia também é. A COMPANHIA. Dor, vida, lágrima? Tudo menina. Sexo, choro, orgasmo? Tudo menino.

Nunca soube explicar para os gringos e nunca mais me apaixonei por gente estrangeira, o estreitamento com a língua portuguesa me enlaçou de tal forma que uma pessoa que não pode me ler não vai poder me amar. Incluir preconceito meu aqui agora. Fica esse mistério. E sobre os livros, homens. Mas as palavras e as poesias, mulheres. Dentro. Dentro. Dentro.

doçura
Nobody can replace anybody else
So, it would be a shame to make it a competition

Desde criança, desde criança. Muita gente reunida, sempre penso: *quem vai morrer primeiro?* Metrô, festa, show, consultório, fila do banco. Não faz sentido, não me faz bem, mas não consigo evitar. Onde eu vou morrer? Penso muito nisso. Mas também penso muito onde eu vou morar, então não me sinto tão macabra assim. Onde eu vou morrer, onde eu vou morar. Amo a morte e trato ela com respeito e amor. Foi apenas outro dia que descobri que temos seis litros de sangue no corpo. Jurei que eram vinte. Fiquei constrangida. Fosse num quiz, passava vergonha. Quando descubro uma capital, finjo que estou num quiz (ainda chama assim?) e digo em voz alta, bem rápida, pra mostrar que nem precisei pensar, imagina, sou superultramega-hiperinteligente. "DAMASCO é a capital da Síria." E aí eu passo para outra fase. Besteiras que me alegram enquanto não aparece minha senha nesse televisor do Banco do Brasil. Sendo o verão o dono do horário, meu corpo pesa diferente. Não estou pra morrer. O diagnóstico disse que esse ouriço no cérebro é ok. Descobri que "ok" significa *zero killed* e que os homens faziam aquele gestinho com a mão (que hoje em dia virou um gesto pra cu, que engraçada a vida) pra dizer que ninguém tinha morrido durante a guerra. Ok é quando ninguém morre. E aí, tudo ok? Sim, tudo ok, ninguém morreu. E aí, alguém morreu? Não, tudo ok! Chocante. E também não.

Me perguntam dos amores, se existem. Respondo que "por enquanto só *freela*". Rio baixinho, pois não quero acordar ninguém só porque estou feliz, julgo audácia. Esta semana é a taça cheia. Vou demorar a morrer, meus pais, então, só bem velhinhos. Meus amigos, nossa, vão morrer de mão dada comigo. Titi vai morrer um segundo antes ou um segundo depois de mim. Não vai dar tempo de doer. Semana que vem aposto que vai ser taça vazia. Uma doença pegando minha mãe, acidentes matando minhas amigas. Corona alastrando minhas duas avós, vivas e lúcidas e hilárias. Eu mesma morrendo precocemente. Quando agoniada, preciso usar os dentes pra me acalmar. Não fumo, então recorro aos chicletes. Ou minha pele, mesmo. Mordo o ombro. Gosto do meu gosto da cama. Cheiro de lençol na pele. Detesto perfume. Um ou dois, vá lá. De quem amei. Mas, no geral, gosto do cheiro de pele mesmo.

Pelada, pentelhos e pães. Eu imagino você comigo falando todas essas coisas. Agora estou aqui. "A coisa mais linda do mundo", ela me disse, "é o papel laminado em volta do chocolate".

And no love is like any other love
So, it would be insane to make a comparison with you
Fiona Apple

é chato contar sonho, eu sei

Sonhei com o mar suspenso. Queria tanto estar dentro da sua cabeça e entender como você imagina isso. O mar suspenso. Teve também o sonho do mar dividido em seções. Queria tanto estar dentro da sua cabeça e entender como você imagina isso. O mar dividido em seções. Hoje sonhei que uma mulher halterofilista me mandava aguentar o tranco e receber de costas uma onda gigante quebrar. Queria tanto estar dentro da sua cabeça e entender como você imagina isso. O mar quebrando em minhas costas. E teve aquele sonho em que o mar estava cheio de águas-vivas e minha mãe insistia em entrar, e ela não voltava nunca, e eu tive que resgatá-la, e nenhuma água-viva me queimou, não sei como. Queria tanto estar dentro da sua cabeça e entender como você imagina isso. O mar cheio de águas-vivas. E também teve aquela vez que eu te chamei pra mergulhar e você disse que achava um saco ser pressionado a entrar na água.

Queria tanto estar dentro da sua cabeça e entender o que você pensa. Eu, in-su-por-tá-vel amante marítima.

disque-denúncia

Diz que no Japão as águas-vivas estavam destruindo uma região marinha. Diz que os peixes morriam todos contaminados. Diz que os pescadores começaram a matar as águas-vivas para tentar aplacar essa matança e continuar pescando, afinal, Japão. Diz que surgiram mais águas-vivas, muito mais. Diz que eles não sabiam mais o que fazer. Diz que chamaram um especialista. Diz que ele analisou tudo orientalmente e percebeu que, na hora que a água-viva se dá conta de que vai morrer, ela lança muitos óvulos no mar. Diz que, pra água-viva, é afrodisíaco morrer. Diz que.

Eu não consigo nem

Confesso que já tomei tudo na vida. Não sou dada à compulsão, portanto posso provar tudo.

Prefiro a lisergia do que a fritação, visto que já nasci frita. Prefiro que algo me derreta, me tire do estado cafeinado que nasci. Tenho urgências de outras vidas nessa mesma, uma grande confusão cármica espiritual. Obedeço a mim e a uma ordem silenciosa que insiste em me iluminar e me apagar vez em quando. Demoro a repetir essas práticas porque cada experiência é única e pulsa meses. Até anos depois ainda sinto flashbacks, não sentindo necessidade (e tendo até medo) de repetir com constância. Crio circunstâncias inéditas pois odeio comparações. Guardo estatelada o primeiro ácido em Alto Paraíso, a mescalina em Barra Grande, depois daquilo, minha íris se expandiu tanto, o cérebro acompanhou, o coração seguiu, e travas ou gavetas se libertaram. Encaro como psicanálise, que também pratico, porque a vida não pode ser só uma coisa. Só terapia. Só misticismo. Só ciência. Só drogas. Só passe. Só reiki. Só Jesus. Só é mentira. É preciso passear. E a abertura multidimensional cresceu com a lisergia. Um beijo para Timothy Leary. Estou dando essa volta toda para te contar que depois de quatro meses isolada na serra, protegida por Oxossi pela acolhida, agradecendo a Oxum pelo amadrinhamento momentâneo, voltei para a casa que havia acabado de alugar no Rio de Janeura. Morava num prédio em cuja frente, do meio da rua (da calçada não, só da rua), eu conseguia ver o mar dos dois lados. Fascinação. Pra esquerda, Ipanema, pra direita, Copacabana. Mar *all around*. Doente, deprimida, drástica, decisiva e dantesca, decidi dar um mergulho. Dia de semana. Cedíssimo. Fui toda aparatada. Nem levei canga pois sabia que não ficaria. Não era um dia comum, mil pessoas tinham morrido, eu lutava contra uma culpa absurda em estar fazendo aquilo, mas sentindo que talvez a próxima morta poderia ser eu. Por outros motivos. Ridícula, egoísta e absurda, tenho noção.

Mas estava à beira do surto, não tinha mais noção. Inacreditavelmente, poucas pessoas dentro d'água. Tiro minha máscara, meu vestido, bem perto do mar. Começo a sentir os efeitos de uma euforia e me embasbaco pensando o quão possível também é sentir isso naturalmente. Está batendo, estou sentindo. Molho os pés, não há temperatura da água, não há cheiro, não há cor, não há textura, há a água, sem desígnios. Esquisitamente mergulho e começo a chorar, a gritar, a dançar. Boiando ou mergulhando. Algum astronauta está me vendo e está preocupado. Alguma ET está me analisando e cogitando se me sequestra, mesmo com útero envelhecendo.

"Unforgettable", como canta Nat King Cole, e eu me ajoelho ainda que a gravidade da água não me deixe fincar, e que bom que a gravidade não me permite. Gosto de sentir a areia nos joelhos. Parecia ácido, parecia mescalina. Parecia nascer. Sem beijo, sem sexo, sem drogas, comida ou música, acho que eu até conseguiria. Arrisco dizer que seria a pessoa mais insuportável do planeta, mais do que já sou, mas conseguiria. Já sem mar, não seria possível ficar em pé. Eu só fico em pé se há a garantia lisérgica de que vou me ajoelhar em água salgada.

Mais que primas, vivas

"O lugar mais bonito do mundo" era um trecho de grama japonesa num terreno meio baldio perto de um rio, numa cidade de praia no Espírito Santo. Isso devia ser o quê? 1995 ou 96, talvez. Marina ainda viva. Clarisse e eu suas súditas. Clarisse devia sofrer um pouco porque era irmã, eu tinha a mítica de ser prima, a gente sempre é meio apaixonada pelos primos e primas quando criança, não? Como são maravilhosas as pessoas que não conhecemos, como disse Millôr. Irmãos e irmãs, a gente sabe de tudo. Primas, não. Era janeiro, estávamos em Meaípe, casa de praia de uma tia. A casa era numa ruazinha, um dia decidimos ir além da casa e ver o que tinha no final da rua. Viramos à esquerda, rua de terra, fomos andando acompanhando o rio meio sujo que tinha, o caminho era feio e de repente, sem qualquer aviso de propriedade privada ou algo assim, um trecho, apenas um trecho com grama japonesa e uma rosa perturbadoramente bonita e eu jamais fui fã de rosa ou algo assim. (Não sei se cabe contar que na minha única tentativa de plantar uma, enquanto cavucava a terra para abrir espaço, senti algo forte, preso. Julguei ser raiz e puxei com força, e eis que surge em minha mão um sapo morto, petrificado. Nunca mais plantei rosa alguma, e ainda lembro do sapo-raiz, sapo-cipó, até hoje.) Esse trecho devia ter cinco metros.

 Era um jardim sem dono, sem grade, no meio da feiura. Ficamos perplexas, bobas até. Marina amava dar títulos, apelidos e disse: "Aqui vai se chamar o 'Lugar mais bonito do mundo'", criou esse segredo. Então, quando os primos estavam chatos ou a rivalidade entre meninos e meninas acirrava, ela dizia "Vamos ao Lugar mais bonito do mundo", e nós íamos, ninguém sabia onde era, ninguém entendia. Sentávamos na grama japonesa, aquilo ainda era uma novidade muito fresca. A rosa era comprida, única, solitária, de estilo inacreditável. A gente não entendia como e por que aquele trecho existia. Mas ele existia e com os corpos queimados no pós-praia, algum short jeans enfiado no rabo, ostentando pulseiras da moda vigente, pelos dourados por água oxigenada, ficávamos ali, alguns minutos, talvez uma hora até. Não havia nada para fazer, não havia ainda um assunto que nos capturasse tanto a ponto de fazermos teorias ou a que nos dedicássemos com afinco. Apenas existíamos nesse trecho de grama japonesa. Marina morreu uns quatro anos depois.

Não sei se Clarisse se lembra do Lugar mais bonito do mundo. Esse texto é pra eu lembrar de perguntar a ela. Tomara que sim, porque eu me lembro. Só tinha uma rosa. Uma única rosa.

QUEBRA-MAR

vislumbre

estou longe do mar para ver se engreno
volta e meia taco sal na água do balde e viro em mim
não precisa ser grosso
serve aquele refinado
macumba gourmetizada
perdão iemanjaziña amada
a pele estica
fica seca & curtida
me olho no espelho
pronta & protegida
saio por são paulo
ajudo três dos trinta e sete mendigos que nem chegam a implorar
ouço buzinas ensandecidas do sexto carro de uma fila gigantesca
como se o pai já estivesse fazendo um churrasco na forca
o frio massacra minha cara, e eu cogito
criar uma luva nasal
é nessa hora que minha pressão baixa
e antes que eu desmaie
eu lembro
e me lambo

ouro negro

era uma vida muita nossa
sair da praia e ir ao cinema
às vezes entrávamos na c&a e comprávamos um casaco de 39,90
noutras vezes nos embrulhávamos em todas as cangas e toalhas
ainda que úmidas
e também pedíamos para o funcionário desligar o ar-condicionado
já que éramos os únicos na sala
os vagabundos das três da tarde de uma terça-feira
pleno shopping tijuca
era uma vida muito nossa
sair água
fumar ar
brigar terra
meter fogo

autorização dos responsáveis

acordei como se quisesse morrer
fui dormir como se quisesse acordar
seria tão bom o botão desligar
seria tão bom poder desacoplar
o braço do corpo
poder dormir
poder rolar
poder encaixar
na cama
em você
acordei como se tivesse sonhado sem falas
fui dormir vendo vídeos com legendas em italiano
seria tão bom dominar
seria tão bom saber
todas as línguas
pelo menos quatro fluências
poder entender estando lá
e principalmente
poder responder
acordei como acordava com treze anos
sem nada eletrônico por perto
cinquenta minutos de devaneio na cama
sem saber se estão me curtindo ou se estou sendo execrada

se alguém mandou um e-mail
pedindo meu currículo resumido em mil caracteres
para que eu possa passar
em algum edital que na verdade é puro caô
puro conchavo
a retina tão limpa
a cortina nem tanto
quase uma hora sem conferes eletrônicos
acordei como acordava com treze anos
e ainda não sabia o que era ir à praia sozinha

(dedico este poema a todas as pessoas que já pegaram o ônibus 415 alguma vez na vida)

vovó mar_phisa

minha avó que divide signo comigo
ajuda o retiro dos artistas
há apenas uma pessoa entre minha avó e eu
um peixe
minha mãe pra mim
filha dela pra ela
somos duas ilhas isoladas e estranhas dentro da família
vovó me deu uma camisa do retiro dos artistas
ganhou da doação que fez
me explicou que precisa ajudar
se sente na obrigação pois afinal
"artista tem que pecar
portanto preciso colaborar"
ela diz enquanto eu me maravilho
ultracatólica vovó me ensinou a rezar pra são pedro
quando não acho casa
"ele tem as chaves"
ela afirma
não creio na igreja, mas creio na vovó
escrevo essas palavras diretamente de são pedro
da aldeia
na casa da vó que ajuda o retiro dos artistas
e que felizmente no meio desse caos pandêmico

transformou a casa das férias da família
no meu retiro
sou artista
e preciso pecar

dda

me acompanhar é um pouco sofrido
porque eu preciso conferir essa mulher
que passou correndo atrás do ônibus
preciso saber se ela vai conseguir
ao passo que ao meu lado um rapaz ruivo me conta
sobre como funciona uma hidroelétrica
eu mesma perguntei
quero saber como funciona uma hidroelétrica
já está na hora de entender as coisas do mundo adulto
mas também preciso saber
se essa mulher vai conseguir pegar o ônibus
pra nada
pra torcer
pra ser cena
pra esquecer
não conseguiu
– e quando foi que perceberam que água vira energia, baby?

vacilação

não seja imbecil
gringo
desligado
otário

não dê mole
não bobeie
não se encante além do esperado

não existe sair do mar
dando as costas
sai ao contrário
sai com resposta

30 de fevereiro

me adoro de um jeito que não sou
me adoro distraída
me adoro relaxada
me adoro depois da praia
mas eu não sou todo dia depois da praia
mas me adoro desse jeito que não sou
como faz para se tornar todo dia
de um jeito depois da praia?

brônquios

país emboscado
coração embarca idem
não consigo decidir se abandono as regras cidadânicas
o desodorante, o whatsapp, sinal vermelho para pedestres
e abraço de vez os terreiros e a oceanide
com máscaras de pano e máscaras de snorkel

ou se aceito débito ou crédito
em troca de aluguel de cilindro pra que eu possa

(os que lucram bilhões
não ficariam felizes em lucrar milhões?)

estou cada vez mais consciente
onde dá e onde não dá pé
ctônica por nascimento astral
pelágica por desejo abissal

deus não dá

quem mais ama entrar no mar
geralmente mora longe do mar
eu moro longe do mar
e quando vejo os que moram perto não mergulhando
me dá um bicho ruim no corpo e antes que vire inveja
desenho uma cobra na areia
faço asa e o caralho

viaja nesse afeto

um dia vou dormir no teu colo
o sono dos recém-nascidos
vou bloquear o som
e a luz desse bairro
dormir e sonhar com
formas ou cores
peidar sem prender
chorar quando a fome vier

um dia vou dormir no teu colo
o sono dos recém-nascidos
vou jurar que balde é útero
que chão é cama elástica
que teu colo é ninho
e que meus quase dois metros
são apenas cinquenta e um centímetros

mentirosa do kct

meus casacos favoritos perdi
aquele preto que tinha um buraco na parte que é a frente do cotovelo
meus cachecóis favoritos também perdi
aquele com uma linha laranja
meus óculos de mergulho perdi
a médica do playmobil
que tinha o cabelo da mesma cor que o meu perdi
perdi uma câmera decente, um biquíni único
o chaveiro de santinha da minha avó
alguns celulares, passaporte uma vez
aquele brinco de peixe que todo mundo elogiava perdi
para me ajudar a seguir com essa sina
com essa saudade desses pertences
livrando-me de toda culpa sequelada
quando perguntam por eles, respondo:
roubaram

clube municipal (para Tijuca mia)

nadar de peito cansa
porque é necessário fazer um coração invertido
como se fosse o naipe de espadas, a professora me orienta
de costas é o que prefiro
principalmente quando a aula é no lusco-fusco
é bonito ver o exato instante em que surge estrela
quando você percebe uma, você percebe todas
crawl é complicado
pela água no ouvido e pela falta de noção
não sinto a chegada das bordas
vou com tudo
vou com força
sento a mão
meto o braço

parei porque já estou idosa pra usar gesso
mesmo que pichem corações ou piroquinhas
e isso me faça sorrir
a professora me alertou que era só ficar em alerta
que a piscina está acabando
não sei se devo alertá-la sobre a nadadora amadora que sou
não tenho noção de quando a piscina está acabando
a piscina que poderia me alertar
2047 quem sabe

nisso
um morcego dá um rasante na água
me afeto
julgo rato com asas
um menino diz pr'eu não temer
"é só o passarinho da noite"
quero dar um real para ele
que é minha maneira de elogiar quando as palavras me faltam
mas meu maiô não tem bolso

tranquei o curso
de peito nunca mais
espadas nunca mais
de costas e crawl agora só se for no mar
sem borda
vou com força
vou com tudo
sento o braço
meto a mão

naufrágio juvenil

não houve janeiro sem praia por treze anos
do dia 1º ao dia 31
praia todo dia e quando não praia por motivo de chuva
havia a piscina
troço maluco
aí teve o ano que saiu sangue de mim
e eu chorei a vida
e meu pai veio me dar parabéns maluco
e minha mãe contou pra todo mundo maluca
e meus irmãos fizeram uuuugggggh
quando eu sentei no sofá com a nova fralda malucos
e eu só chorava
porque sabia que no próximo verão
eu teria cinco dias sem praia
cinco dias sem mar
cinco dias sem água
sim tinha o absorvente interno
mas na tijuca diziam que a gente ia perder a virgindade se colocasse
então 1996
agora você já sabe
por que você foi dos piores anos da década de 1990
porque os trinta e um dias de mar
viraram vinte e seis

ao que parece

descobri uma nova palavra:
ISTMO
é uma pequena porção de terra cercada por água em dois lados
      [e que conecta duas grandes extensões de terra

ou
eu e você nos encontrando sem querer na rua
os corpos fincam no chão
as mãos se cumprimentam
braços bambos molhados
é estratégico
é extenso
nos despedimos sem dois beijinhos
istmo
inverso do estreito

(este texto é dedicado a iuri gagarin)

napa

tem um tipo de cheiro de que não gosto
hoje mesmo na padaria passou um homem com esse cheiro
parece que tem muita gente com esse cheiro que não gosto
não sei se é um cheiro de capitalismo encalacrado
ou se as pessoas esquecem a roupa na máquina
por mais horas que o devido
só sei que tem um tipo de cheiro que não gosto
e ele acontece com mais frequência do que eu gostaria
e é difícil prender a respiração fora d'água
dentro vou até quase um minuto
treino na piscina
na banheira
até mesmo no balde
tenho boa apneia pra quem nem ganha dinheiro com isso
fora d'água só consigo prender uns trinta segundos e olhe lá
esbugo o olho e tudo mais
não sabem se estou incorporando
ou se vi três baratas voadoras

o melhor é que quando passo na rua
alguma pessoa deve pensar o mesmo de mim
um beijo pra você

vertiginosa

No necesito amar, tengo vergüenza
De volver a querer lo que he querido
¡Toda repetición es una ofensa
Y toda supresión es un olvido!
Lhasa de Sela

eu te espero
alergicamente, propositadamente
te espero até estrábica
arrisco cambalhotas pra trás
faço feitiço para nossa sinastria melhorar
te chamo no mar
te chamo no travesseiro
lavo o cabelo repetindo seu nome
mio
mio
amore mio
invento uma circunstância
não tomo cuidado romântico
não tomo cuidado marítimo
mio
eu mio pra você
vislumbro nossa família adams

paixão louca trocentos anos depois
meu raul julia
eu quero ser sua anjelica
huston
we have a problem

vem de zap

– tô com um problema
– minha ou mão?
– q?
– probleminha ou problemão?
– ahhh
– e?
– *mezzo*
– me conta
– prefiro você do que fogo no cu
– hahahaha que ótimo
– sério
– amo/souL
– um dia ainda meto o pau naquilo que mais amei, mas por agora é isso
– você me quer?
– quero muito
– que coisa
– só preciso descobrir como sobreviver
– não te garanto constância, mas de vez em quando posso ser só pra você
– vou estar aceitando
– vou estar doando
– ando pobre, queria te dar um banquete

— você podia dar aula particular de ideias
— hahaha você acha que rola interesse do grande público?
— total, olha pra você
— estou num dia "não se olhe no espelho"
— ontem foi o q?
— "só use a mão canhota"
— e amanhã?
— não posso falar nenhuma frase que termine com interrogação
— não pode perguntar?
— isso
— amanhã não vai dar onda, tô vendo aqui no site
— você não acha hilário "dar onda"?
— mas é porque o mar oferece mesmo
— e tomar sol? minha prima gringa pira. fica "*we take the sun? we drink the sun?*"
— pô, que lindo. *we drink the sun, motherfuckers.*
— vamos tomar um solzinho amanhã?
— *catch a beach?*
— pegar uma praia hahahaha
— de repente consigo *catch a beach* com você, vou me adiantar nas sagas
— vamos combinar uma hora
— no mesmo lugar de sempre?

– barraca da daisy?
– pode ser
– mas faz assim: 13h vou entrar na água e ficar de costas para o continente. aí 13h15 você entra no mar e me dá um abraço por trás. pode me assustar
– maravilhoso isso, demorô
– se for cancelar, me avisa pra eu não murchar na água
– você ficaria esperando muito?
– ficaria, claro. no mar e por você
– me prefere do que fogo no cu, isso dá camisa no carnaval hein
– vou fazer, enriquecer e te dar banquete
– tô amando seu problema
– minha ou mão?

meu primeiro astrólogo

tenho vinte e dois anos, existe internet, mas é algo leve
me formei em teatro, mas ao contrário dos formandos
não tenho urgência em ir à globo fazer cadastro
estou perdida mas não me sinto
quem sente é minha mãe
que pagou essa ida ao astrólogo

só sei que ele é argentino
e que proíbe minha mãe de entrar na sala pra ouvir
minha mãe fica chocada
eu acho o máximo
se ele me contar um segredo
não sei se quero que ela saiba

ele diz que meu ascendente não é leão
pergunta se eu nasci de cesárea
me explica minha vênus retrógrada

me decepciono com virgem no ascendente
mas internamente gargalho tamanha obviedade me resumo
confirmo a cesárea
e uma leve tristeza da minha mãe que pode ter me atravessado

fico em alerta com minha vênus
o afeto vai me salvar e me encrencar

diz que tenho quase nada de água no mapa
e que por isso mesmo
preciso mergulhar
mergulhar muito, repete & reforça
confirmo que amo mergulhar
ele me explica que sou terra, terra, terra
então preciso de água, água, água
diz que vou ser artista
mas que nunca vou ser muito famosa
terei certo sucesso, mas nunca serei popular
rio, rio, confirmo
não sabe se vou ter filhos
mas tenho forte ligação com crianças
fico estatelada

lá pelas tantas diz que vou ter dois casamentos
não gosto
ainda sou nova pra entender um casamento
quanto mais dois

mas nunca vou esquecer
que o dia em que nos casamos
pensei na previsão do meu primeiro astrólogo
e adentrei na nossa nova casa pensando
"então vamos lá, para o meu primeiro casamento"
desculpa muita coisa

31 de julho

meu sobrinho inglês nasceu
passamos um ano nos vendo via tela do computador
um dia ele chegou e já programado a esse contato alienígena
não se assustou tanto comigo
eu era plasma e plana e agora era a tia
levei à praia
mostrei a areia
a água
o gosto
da areia
e da água
depois ele voltou
e tudo ficou mais feinho
liga meu irmão meses depois
contando que foi a uma praia na inglaterra
dessas mais feias, tadinhos, mas puxa
eles nos deram pj harvey, beatles, bowie, stones, tudo certo
a lei das compensações está enxergando tudo
"letícia, quando a gente estava no carro,
ele viu o mar e falou: TIA!"
nesse dia, pensei que não saberia se queria ter filh_s
não sei se aguento tanta ternura
sem ficar com a cara em chamas

que 'strondo

costumo escrever na água o nome do ser que desejo
contramão da areia
caderno de caligrafia aquática
as duas primeiras letras fixam mais
as últimas se embrenham na marola criada pelas primeiras
mas porque sou eu que escrevo
não consigo mais olhar para a água e só ver a água
fica teu nome ali
as sereias stalkers até tentam
mas esse odisseu é meu

posto 8

me afoguei uma única vez na vida
ser disse que estava apaixonad' por mim
em pleno dentro d'água

me afoguei
consegui ser salva
pela própria criatura
mas não consegui corresponder
à tamanha vontade e violência
escorpião é troço complicado
e juram que é fogo
engraçado
aviso que é água, hein?
é muita água

a-b-c

mar
mulher
mão

medos de transporte

lusco-fusco

atarantada
mas fingindo a segurança da moça que recebe as facas do atirador
cogito aprender chinês
o milênio me convida
mas não me abraça tanto a ponto de a matrícula ser feita
gosto do sabor da faca gelada na língua
e da proximidade com o fim
se eu quiser
se eu não quiser
tão fácil se machucar
não sei como aguentamos
nem as roupas
nem as armas
meu corpo nu
espantosamente grande e equivocado
{quando comparo às revistas e às mulheres do meu tamanho}
se machuca diariamente no espaço concedido pela prefeitura
que não sabe sambar

atarantada
mas fingindo a segurança de quem está no fundo
e vê a parte de trás da onda ir pro raso
estou empenhada em tentar o genuíno

mas só tenho a lua na parte superior do mapa
sou toda introvertida
me lançam ao palco só porque o sol está na casa cinco
no fundo, no fundo
(só consigo quando duplico)
sou intro e vestida
estou aqui feito cobra que se enforca sozinha
fiquei triste com a descoberta desse tipo peçonhento
chorar ajuda, mas também seca muito
se hidrata, sidarta
se anima, anêmona

(este poema é vergonhosamente dedicado à adília lopes)

arrout

eu fico bêbada no mar
{é como se}
altinha e sem gravidade
cambaleio pela areia
meio troncha, meio me achando
se alguém de longe me julga gostosa
e vem checar de perto
logo desiste
tamanho caminhar lombroso
eu reproduzo na saída da água

eu fico bêbada no mar
{é como se}
não falo nada com nada
tenho muita fome
tenho muita sede
movimentos ora lentos
ora espalhafatosos
alcoólicos anônimos

mergulhadoras famosas
ilustre desconhecida

eu fico bêbada no mar
e só vou embora quando ele fecha

villa-lobas

(pra bruna & keli, que nasceram no mesmo dia, que absurdo)

resolvo correr de noite na praia
de noite porque derreto menos
e há menos gente para mostrar o corpo
sou aloprada, mas tenho pudor caprino, às vezes insuportável
de noite também há menos gente para se driblar na areia
estou tentando eliminar uma pochete de farinha/trigo
que insiste em permanecer desde que
me aproximei do fim da caixa ( ) 35-40

vejo uma tchurminha na água
meninas e meninos entre seis e dez
paro de correr e me hipnotizo
a mãe me olha e se espanta como se eu tivesse problemas
e eu os tenho
mas hoje apenas hoje
queria duas amigas
para mergulhar de noite comigo
e ficarem paradinhas na beira sem álcool
indo e vindo
e falando sobre
desenhos, cachorros ou brinquedos que nós ainda não temos

brutal

ultimamente
quando eu olho pra tua cara
é como se eu abrisse os olhos embaixo d'água
sei que é bonito, mas não vejo nada nítido
não vejo nada específico
poderia haver uma concha inédita
ou até mesmo um bicho marinho que me ameaçasse
mas é tudo turvo
tudo desfocado
cor bonita sem nitidez

ultimamente
tenho brincado de cegueira
como seria entrar no mar sem enxergar
como seria nunca olhar na tua cara

vou entrando
sentindo a água nos pés
nas pernas
no cu
nas costelas
nos suvacos
no peito
no pescoço

eu cogito abrir os olhos
para não esbarrar em ninguém
mas já estou sendo considerada a nova maluca
de branco de ipanema da tijuca
então insisto na cegueira
até que os ouvidos sejam tapados
até que a gravidade se ocupe da força

e quando eu estou quase ofelizando
eu abro os olhos embaixo d'água
e eis você
tão feio
tão bonito
tão você
ultimamente

felizanonovo
(*para sylvia earle, que vocês precisam conhecer*)

debaixo d'água sou dançarina
flácida e contorcionista
talvez de uma companhia de um país frio
debaixo d'água sou muito alongada
trapezista eufórica com a ingressão da modalidade
nas olimpíadas
debaixo d'água sou um feto com 80% de chance
corpo sem órgãos, *mezzo* girino
debaixo d'água não sinto fome
tampouco sono
pouco ódio
debaixo d'água me acho rara
porque mamífera
mas me sei comum
porque baleia
debaixo d'água
consigo a façanha do choro
água da lágrima água do mar
jamais vai faltar sal no mundo
o mar, meu senhor
la mère, madame

debaixo d'água
não existo
e quem diria
essa ser a melhor coisa do mundo

com certeza correnteza

já dei mais
agora dou pouco
a conta chega e não consigo
já consegui
já fui boa em 348 dividido por mesa com nove
já fui nobre em brigas destemperadas
já fui razoável em falhas cidadânicas
já fui altruísta com desconhecidos
já fui sã com quem me conduzia ao manicômio
já fui elegante com mulheres competindo
hoje em dia
nem aqui nem na china
dou conta
da trolha
não dou conta da vida a seco
e se num dia viro álcool
no outro tomo um passe
semana que vem tem *magnified healing*
até lá tiro uma carta do tarô pra saber se devo ir mesmo
sábado combinei lisergia com amigues
na natureza óbvio
mas isso se eu não tiver um sonho ruim
segunda tomo o avião rivotrilizada

mas combinei um reiki e água de coco assim que chegar
e de noite tem três garrafas de vinho com as meninas certamente
já fui melhor em termos de vida
já bati no peito mais forte e gritei que
forever young i wanna be forever young
mas aí a própria música me perguntou
do you really want to live forever?
me curo me engano
me curo me certifico
choro valores
morro numa grana
vou pra bahia usar snorkel
passo o mês seguinte com miojo e sardinha
me considero me desprezo
me considero me louvo
já dei mais conta da vida
mas sei que um dia o mundo acaba
eu antes claro
e diz que a nestlé já comprou toda água do mundo
choro e resolvo acumular lágrimas
num tupperware sem tampa correspondente
até lá
vou orquestrando estar viva

desafinando
tomando esporro do maestro
paquerando a mina do oboé
blablasofando com o maluco da harpa
acompanhando
virando a partitura na hora errada
até lá vou orquestrando
meio dura, meio seca
e com água
só na boca

dança das cadeiras

eu nunca sei se você:

( ) foi à praia
( ) estava chorando
( ) suou quilômetros pra me ver

você é tão salgado
temperado
touchée

motivos

foi sem querer:
o pulo que colocou água dentro do teu ouvido
o quiabo no pote que ficou escondido
num canto da geladeira por quase três meses
a conta de gás caída atrás do móvel da sala
minha língua que deu nos dentes na mesa do bar
sobre seu defeito mais secreto
foi sem querer:
(eu chorando no carro no dia do meu aniversário
procurando uma vaga há quase uma hora
janeiro inferno caos
eu só queria dar um mergulho
mas não tinha vaga
não tinha vaga
estava envelhecendo e não tinha uma vaga *white people problems*
você chocado com meu descontrole
você me criticando
por tornar um passeio tão maravilhoso num caos
eu chorando passando marcha
e nada de vaga
resolvo desistir
leblon ipanema copacabana
arrisco ir pra urca

invento uma vaga
já esperando a multa
não estamos nos falando
parece que você esqueceu que é meu aniversário e que eu posso
parece que eu esqueci que meu aniversário
não me possibilita de nada
o mar está uma lixeira
estou tão obsediada
que entro assim mesmo
afundo no raso e entre destroços e merdas cariocas
nado até bem longe
até bem fundo
olho pra você na areia
com a mão embaixo d'água posiciono minha
mão e ergo o dedo médio na sua direção
você faz uma carinha suave
como quem pede desculpas físicas ou faciais)
continuo com o dedo em riste pra você embaixo d'água
foi de propósito

quarta série

parece que amanhã tenho um passeio do colégio
estou tão excitada que dormir só daqui a setecentos anos
parece que vou ter que usar biquíni
na frente do rodrigo barbosa santoro
haverá piscina, campo de futebol e outras atividades
as vésperas me consomem tanto que devo ir ao banheiro umas sete vezes
sonâmbula vou à cozinha por mais água
volto pra cama e parece que não vou dormir nenhum segundo
e ainda assim estarei vivaz quando o despertador tocar
e minha mãe vier confirmar que eu estou me levantando
me arrumando
escovando os dentes depois do pão que ela fez para mim
parece que minha mãe vai dizer pela milésima vez
"não grite no passeio, não volte rouca"
eu vou prometer ou jurar
parece que o passeio é maravilhoso
e a piscina é emocionante
e mesmo tendo piscina em casa
eu ainda me emociono muito com piscina
piscina vira um padrão pra mim
é ridículo e burguês
mas não nego

desde criança
desde criança
uma pessoa fala "não-sei-que-não-sei-que-lá minha casa…"
e é mais forte que eu:
"sua casa tem piscina?"
eu poderia perguntar qual bairro
se a pessoa mora sozinha
se a pessoa tem filho-cachorro-gato
mas não
para constrangimento geral
eu achava necessário indagar se as pessoas tinham piscina
e eu não sabia que isso significava "dinheiro"
eu não tinha a menor noção do preço do cloro, com seis anos
eu só achava que ter piscina era muito algo muito _ _ _ _ _
e quando a pessoa respondia "sim-tenho-piscina"
eu poderia achar aquela pessoa muito feliz
apesar da guerra no golfo
ou dos trombadinhas da praça saens peña
ou da sensação perdida que assolou os anos 1990
aquela pessoa tinha piscina e isso nos unia
e isso era garantia
de que se um dia ou tarde ou até mesmo uma noite
fossem chatos

havia uma porção de água junta
e nossa gravidade poderia ser testada naquele espaço
temos dez anos, a xuxa é chamada de rainha,
o preço de tudo aumenta toda semana
o nome da moeda cada hora é um, duplas sertanejas estão
aparecendo mais do que grupos de pagode na TV
temos dez anos, nunca saímos sozinhos do ambiente escolar
só vi rodrigo barbosa santoro com uniforme
será que ele vai usar uma camisa de time de futebol ou da disney
estamos todos muito excitados
obviamente nosso colégio é católico
temos que chamar as freiras de irmãs, o que me confunde muito
visto que só tive dois irmãos mais velhos
e de repente uma senhora com roupa quente
e troço na cabeça, é minha irmã
nunca vou esquecer que lá pelas tantas no passeio
uma menina, acho que joana
está batendo fotos
a gente sorri
a gente inventa poses hilárias
a gente é trem da alegria da tijuca
a câmera da joana abre
aquela parte em que colocávamos o filme

aquilo abre
e não tem filme algum
todos percebem
joana fica constrangida
joana não tinha muita presença na turma
ela não era nem bonita nem boa aluna nem engraçada
eu era a última, graças ao meu desespero e minha dose de lisergia
que felizmente não deixou de me acompanhar desde os meus
dois aninhos
no passeio joana quer ser legal e diferente
mas joana não deve ter grana para pagar o filme
ou deve ter esquecido também
sequela
não devo só romantizar uma pobreza inventada
sabe-se lá
joana se passou de fotógrafa o passeio inteiro
estamos em 1990
ninguém vai para um passeio com a câmera que o pai emprestou
câmera é caro, filme é caro, tudo muda de preço a cada semana
os pais não emprestam coisas eletrônicas para filhos crianças
joana com a câmera causando
e de repente esse flagra
um botão mal apertado

e pow
câmera sem filme algum
todas as poses
todos os sorrisos
todos os agrupamentos
em vão
silêncio e constrangimento
colocam joana na parede do clube
eu me afasto porque não consigo nem atacar nem defender
também eu já era dada a mentiras que me fariam detectar
a dinâmica de tratamento a partir de uma dança das frases
não sei o que eu acabei de escrever
parece que na volta do passeio, todos querem cantar no ônibus
parece que, eu sugiro abrir as janelas e gritar frases malucas
para os pedestres
parece que todos riem e me acham engraçadinha
parece que eu me sinto bem nessa hora
parece que meu tamanho "uma cabeça mais alta que todos"
desaparece nesse momento
parece que eu até esqueço onde
rodrigo barbosa santoro está sentado
parece que eu incentivo joana a gritar muito pela janela
parece que ela embarca

tagarelamos como se não houvesse corda vocal
tagarelamos frases idiotas para as pessoas
joana vento na cara como se fosse um cachorro
tudo sendo perdoado no grito
temos dez anos e nenhum registro imagético desse dia
parece que o passeio acaba
me despeço de joana, de rodrigo, da tia, do motorista do ônibus
parece que vejo minha mãe no carro para me buscar
"oi, mãe", parece que digo com um fiozinho de voz

é torpor que chama?

hoje te senti diferente
pensei engraçado
tá diferente
chequei a lua
chequei a fome
chequei até a conta-corrente
mas não era nada disso
de noite já deitados
próximos a embarcar na morte momentânea
com direito aos mistérios que nos contaremos dentro de oito horas
você me diz com voz serelepe
hoje dei um mergulho
me assombro porque você nunca vai nunca
misturo uma pequena inveja de ti
com ciúmes do mar
e antes de dizer que bom e desejar boa noite
lambo tua cara inteira

MAROLINHAS

– e o que você tem em peixes?
– a mãe

que fabuloso esse mistério
de não ter guelras

o mar é dos poucos lugares em que tenho
sensação de pertencimento, sem ser dona dele.
o mar é um amor que dá certo

iara me explicou:
só se vive catorze vezes

catapulta:
estar deitada. ver a chuva cair. ver a gota vindo.
achar que é cristal. jurar que é estrela.
imaginar a neve. sentir colírio

eu queria ser você com seis meses
e entrar no mar pela primeira vez
por você
sendo você
com o seu corpinho e a sua pelezinha
no mar pela primeira vez

aquário dá trabalho:
catarata no olho direito
quarentena no olho esquerdo

estava no ponto de ônibus, e um menino de
sete anos, que não parava de olhar para cima,
cutucou a mãe e lançou a seguinte questão:
"mãe, no céu é outro país ou é água, mesmo?"
aguardo esclarecimento materno alheio
desde então

lógica de celsius:
sempre começo meu banho
com água quente
para me livrar do mundo
sempre acabo meu banho
com água fria
para me preparar de volta

que guinada
bom saber que ainda dou caldo

se todo dia tu chora
aí ainda tem história
ou tá na hora de ir embora

— moço, me vê um xampu que faça meu cabelo parecer com como ele é debaixo d'água?

salva-vidas:
profissão maluca
profissão bonita
jamais seria
jamais sereia

estou tão sozinha nesta semana que bem cogitei
ser um desses homens que pesca em copacabana
de madrugada. que solidão é essa?
( )_____

espremo cravos
vislumbro gozo
corto quiabo
concebo gozo
golão de água
cobiço gozo

me matriculei no mar

reike:
mágoa é má água dentro do corpo

sine qua non:

mesmo no inverno
na ressaca
na água polar
no emissário despejando merda
não deixo de entrar

public display of affection:

um raio cai na praia
a gente morre de mão dada
ou esfarela?

— vai pular dessa pedra? tem
certeza que é fundo?
— audácia é romance

primal scream marinho:

mergulho
e berro

é divino
é divã

de dentro do tubo:

não forçar
confidências
coincidências
consequências
insistir:
clarividência

gargarejo marinho:
corticoide do dia

vim ao mar pedir perdão

Acre
nos liv

Este livro foi composto em Adobe Jenson Pro
e impresso pela Geográfica para a Editora
Planeta do Brasil em junho de 2024.